mugonka 無言歌

文屋 順 bunya jun

思潮社

詩集　無言歌

文屋　順

思潮社

無言歌　目次

I

永遠の旅　8
新しい季節に　10
ボランティアの春　14
傷が癒えるまで　18
初めの一歩　22
まだ間に合う　26
ゴール　30
それなりに　34
それぞれの愛　38
三分二十四秒のドラマ　42
失われた日々　46

Ⅱ

空は知っている　52
鎮魂歌　54
遠い日　56
雨の色　60
白い家　64
風の中に　68
糸　72
暴君　76
無言歌　78
一縷の望み　82
限りあるうちに　86

あとがき　90

装幀＝思潮社装幀室

I

永遠の旅

長い夜の闇の中で
一度は消えかけた邪気が
再び勢いを取り戻そうとしていた時
時空を超えて旅する修行僧が
永遠の生命を授かった

時代の目撃者が
草創期の領主の出現を
粗末な小屋で見定め
カリスマを持ち合わせた彼が

だんだん勢力を拡げていく様子を
自らの手で
克明に記録した

生まれた国では
民族間で長い紛争が続き
明日の無事が危うい
死の淵に立った人々は
徴収された時間を悔みながら
虚空をつかんで次々に倒れる
ようやく歩き始めた赤ん坊が
栄養失調で旅立って逝く
血腥い祖国の平時はいつ来るのだろうか

新しい季節に

新しい季節に
古い糸状の思いを胸にして
とんと見当の違う方向へ
足を踏み入れた
仕上がりのいい完成品を夢見て
難しい彫刻を習い
下手くそのまま
同じ失敗を繰り返している
私の目の前には
見事に彫られた観音像がある

それを目指して
白い木目をひたすら彫っている

桜が満開の公園で
酔った勢いで見知らぬ花見客と
意気投合して
夜遅くまで酒を酌み交わした
帰りの電車の中で
携帯ラジオを聴いていると
メジャーリーグの情報を伝えていた
レッドソックスの松坂と初対戦した
マリナーズのイチローは
4打数ノーヒット
しかし松坂は7回3失点で負け投手
海の向こうで活躍する日本人選手は

故郷の桜の花を思い出しているだろうか

春の押し車を押しながら
私は知らない町へ出掛けて行き
何か新しいものを探している

ボランティアの春
――団塊の世代に

味気のない春の雨を舐めながら
滞った季節の端を歩き
近い将来の自分の姿を透視している
あなたたちは存分に働いてきた
己の時間を惜しみなく使って
僅かばかりの糧を得てきた
時にはスギ花粉に悩まされ
吹き荒れる嵐に襲われても
辛抱強くその脆弱な身体を労り
定年までの残り少ない時間の放射に耐えて

明日の奇蹟を夢見た

これからは余分の生を
ボランティア活動のために汗を流し
歪んだ社会の手助けになればいい
会いたい人に逢って
泣きたい時に哭いて
守りたいものを護り
行きたい所に旅して
ありがとうの見返りをもとめずに
ただ自分の徳を積み重ねる

待っている人たちのために
鶯の初音を聴かせ
今朝採ったばかりのタラの芽の天麩羅を揚げる

西洋タンポポの綿毛を吹き飛ばす
いたずらな風に誘われて
使いこなした鍬で畑を耕し
大根の種を蒔いて
少しずつ成長するのを楽しみにしている

掌の中で
黄色い蝶が死んだので
手厚くその死骸を土に葬った
翅の鱗粉が手に付いて
洗ってもなかなか落ちない
自然の摂理には敵わないので
大地の怒りが噴き上がる前に
自分の使命を果たすことだ

傷が癒えるまで

その日のことが後になって
とても大切な一日だったことが分かる
いつになく朝日が眩しくて
サングラスをかけて
燃えるような空を見上げた
昨晩の流れ星の印象が
鮮明に残っていて
消える瞬間の儚さは
私の心の中にぽっかり穴をあけた

明日になれば何かが変わるかも知れない
苦し紛れの無駄な抵抗は
少しも役に立たないから
地道にやるしかない
歪んだ心の傷を庇って
それを癒そうとするのだが
たまりにたまったしこりは
全然消えそうにない
急速に進む悪性のファクターが
かなりの割合を占め
もう一触即発の状態だ

残されたわずかな希望が
明日の生命を救い出す
病人は多くを語らず

心の霧が晴れるまで
じっと固まっている
傷が癒えるのを待ちながら
正常な明日に向かって再出発する

初めの一歩

君は覚えているだろうか
生まれて初めての一歩を
重い餅と大きな期待を背負って
よろけながら危なっかしく歩いたその一歩
確かな記憶はないが
遠い過去へ想いを寄せてみる
同じように出立したのに
どこかで道が分かれて
とんでもない方向に来てしまった
長い間に少しずつずれてきている軌道を修正し

亀のような歩みだが
確実に前へ進んでいく

幼いぼくの円らな瞳が捉えた
初めての映像は
果たして何だったのだろう
淡い生命の炎を
チロチロ燃やしながら
臨機応変にここまで来たが
かすんで見える未来のイメージを
実際にこの手で摑むことが出来ない

集中している脳細胞を見ると
微妙な感覚で
夢の原理が分かった気になる

デジタル化した機器に埋もれて
アナログを愛するぼくの末梢神経は
いつまでも時代に乗り遅れたまま
最新の文化に同化できずにいる

まだ間に合う

遅れている時間を把握して
現在時刻を正確に合わせる
長い休みの間に
自分の立場を悪くして
今日の私が泣いている
私はやっと歩き始めたばかりで
まだ目的地が決まっていない

まだ間に合うかも知れない
未来行きの電車の発車まで一時間ほどある

それに乗ることができれば
あとは自動的に目的地に着くから
私は急いで準備をして駅へ向かった
捩じれた軌道を
激しい音を立てて進むその電車は
たくさんの貨物を積んでいて
その中には粗大ごみや不要になった夢の記憶などが
ダンボールいっぱいに詰め込まれていた

未来で待っている子供たちのために
届けてやりたい玩具がひとつもなかったので
無償の愛がいっぱい詰まった
金色のランドセルを持ち込んでほっとした
いつの間にか私は柔らかい座席で
うとうとしていた

何気なく窓の外を見ると
季節はずれの雨が降っていて
街灯が鬼火のように見えた

ゴール

ゴールの見えない暗闇の中で
決して安穏としてはいられない
いつか旧友と酌み交わした酒のほろ苦さよ
思い出の中の心がどこかへ去って
自分自身の芯がずれてしまう
テーブルには食べ残した酒の肴と
空になったビール瓶が数本
幻想的なクラシック音楽を聴きながら
夜の帳を打ち払って
封印された死んだ子犬の鳴き声を思い起こしている

火傷した手を庇って
螺旋階段を上っていくと
途中で眩暈を感じ
下を見下ろすと足が竦んでしまう

焼き焦がした羊肉の切れ端を棄てた時
ゴミ箱の中で羊の霊が叫んだような気がした
四つの足で駆けた野原で
食んだ草の匂いと優しいその眼が
人間たちが今まで消費した厖大な糧を
惜しんでいるかのようだ

黒い生命の交差点で
裸足の女神がクラクションを鳴らす
世界の順風が

大海原の小さなヨットを運んでいく
あとは自力でゴールへ向かうしかない
空からは太陽が
明るく照らしているのだから

それなりに

人はそれなりに欠伸をして
人はそれなりに微笑んで
何気なく見上げた空では
鳥は鳥のための飛翔をしている

錆びついた鍵で
玄関のドアを開けて
居間のソファーに座って
約束の時間を待っているのだが
相手の人はなかなかやって来ない

時計の針は止まったままだ

たくさんの小さな島が
イメージの海に浮かんでいる
密かに崩れていくカルスト
鍾乳洞の中を飛び交う蝙蝠が
鋭い鳴き声をあげる
透明な空気のカーテンで蔽われた空間で
自然の冷蔵庫は
おいしい水を冷やしている

中古レコード店で
長い間探していたレコードを
偶然見つけ出したときの
なんとも言えない感激は

十年ものの高級ワインを味わったような感覚

濃い霧の中で
ぼんやりと浮かび上がってくる人の形
よく見るとそれは
白い雨合羽を着た若い女性で
両手に大きな買い物袋を持っている
赤ん坊の紙おむつや粉ミルクを買った帰りのようだ

それぞれの愛

空気中に浮遊する芥を気にしながら
危うい姿勢でソファーに座る乙女の
小さな口と大きな眼の
アンバランスな容貌が
だんだんインパクトの強いエンジェルに
変身していく

疲れた肩の力を抜き
表に現われた憂鬱を紛らし
遠い昔から存在する

言葉の意味に埋もれた矛盾が
増長するアンニュイな感情を一括りする

子供の頃に見た心象風景を
拙いクレヨン画にして
想い出の一片を懐かしんでいる
動かない事実の記憶を消去しても
この世から完全に消えるわけではない
昔の中身を取り出して
問い続ける過失が
慌しい日々に埋もれていく

たかが虫一匹の命でも
大事に扱うことにしている
私もその虫けらのような敢え無い存在で

人の心を動かそうとしているのだが
いつも失敗に終わる
暗闇の中で育てられた愛が
少しずつ真実に変わっていく

三分二十四秒のドラマ

ターンテーブルにのせられたドーナツ盤に
静かに針を落とすと
短いイントロで始まる懐かしい歌謡曲の
臨場感あふれるステレオが
心の中に響いてくる
凝縮された人生の一ページを
綺麗な声で歌うリアリティのあるドラマが
私の頭のなかで展開する

まだ始まらない

まだ終わらない
出会いと別れを繰り返して
この些細な生活で知り得たことは
いかに密度の濃い生き方をするかということ

ふと空を見上げると
白い雲が速いスピードで流れていて
変わってしまう悲しみを知らされた
いつか雨上がりの朝に
庭に落ちていた黄色い蝶の死骸を見つけて
私は手厚くそれを葬った

埃っぽい砂利道で
母親に連れられた幼い子供が駄々をこねていた
五十年前の自分を見ているような気がしてはっとした

甲高い子供の泣き声が
大地に眠る息吹を揺り起こし
森の木々の言霊がそれに呼応した

失われた日々

繰り返される同じ過ちで
少しずつ失われてしまう日々が
先駆者の多大な労苦を忘れて
開墾された田畑が
とうとう荒れ果てた土地に変わってしまった

もうすぐ世界の終焉の時がやって来る
今まで消化した無為の時間を
思い起こしているが
時代の変動する速さに裏打ちされた法則が

それを阻んでしまう

直視できない現状が
私に科せられた刑罰を軽くできず
多くの苦痛が蓄積している
目の前にあるちょっとした暇《いとま》を掬い
待ちわびた明日の行方を捜していると
とんでもない方向へ迷い込んでしまう
これが最後のチャンスなのに
心気くさい不運に捕まってしまった

せめて数十秒息を止めて
慎重に前に進むことにする
嫌味な後押しに助長されて
置き忘れた勇気を拾おうとする徒労が

いとも簡単に私を叩き潰す
どん底から這い上がって
ほっとしている間もなく
次の試練が待ち受けている

II

空は知っている

私の上にある空が
短い思惟のあとで
本当の理由を知った
戦闘機が飛んでいること
化学工場の煙突から黒い煙が立ち昇っていること
高層ビルが聳え立っていること
そしてミサイルが発射されることの
すべては人間たちの欲望のために

ある日茶の間の電話が鳴って

「あなたの息子さんが……」
突然降ってくる災いで
騙された老母が
取り返しのつかない不覚を悔いている
それを空は黙って見ている

昔青かった空も
今や灰色のくすんだ空になり
自由に飛べなくなった鳥が
哀しい鳴き声をあげている
空は本来の清々しさを失ったまま
汚れた醜い姿を大きく広げていて
息苦しく嘆きながら
希望のない未来を迎えるだろう

鎮魂歌

夕陽が眩しい丘の上に立ち
生きていることの不安定さを感じながら
骨身に沁みる温もりを
魔法瓶のように保っている
水飴のような粘り強さで
何とかここまで生きてきた
長い間の習慣で
質素な暮らしから抜け出られない
加齢と同時進行の生活習慣病が

私たちの残り時間をカウントダウンする
入退院を繰り返して
ボロボロになった体は
静かに横たわる物体でしかない
蠟燭の灯のように
幽かな明かりを点しているだけ

生きていることの宿命で
誰にでも与えられる臨終を
高僧の悟りのように
乗り越えることができるだろうか
青い海の押し寄せる波に乗って
崇高なレクイエムが聴こえてくる
それは鎮魂の鐘のような交響だ

遠い日

時代の欠けらに傷つけられて
どこまでも続く宙に向かって翔んでいく
朝に祈りを捧げ
来るべき時限のおとなしさに
自分にない感情を振り分け
長い間の空間を埋めていく

呼んでも戻らない昨日の態度を
遠い日のように懐かしんでいると
私の脇を通り過ぎた車には

太り過ぎた女が乗っていた
次の日へ繋がっている時間の束が
かすかに歪んで見える
放っておいた塵の中で
私の細胞が縮んでいる

枯葉の息遣いが
無窮の世界に伝わっていく
小さな躰の内側から
仄かな光を放ちながら
無心にここまで生き続けてきたが
あと何年早く生まれていたら
幼い私のモチベーションを
高めることができただろうか

暗い夜道をコツコツ歩いていくと
私の取り分を失ってしまうことがある
せめて道端の湧き水を飲んで
すっきり冴えた頭で
遠い日の自分に向かって
ゆっくりと走り始める

雨の色

君は雨を見たか
灰色の汚れている雨を
誰もいない街はずれの
古い民家の屋根に
しとしと落ちている
トタン屋根が赤く錆びていた

シャッターを下ろしたスーパーの前で
あどけない少女に出会った
白いミニスカートにピンクのブラウスを着て

ビニール傘を右手で差して
左手に携帯電話を持っていた
肩から掛けたポシェットには
いったい何が入っているのだろう

八月の遠いあの日に
二つの街に黒い雨が降り
大きなきのこ雲の下には
数知れない人影が折り重なって
無言のまま横たわっていた

私が生まれた日は
晴れていたのだろうか
青い空から降って来るにわか雨で
ずぶ濡れになった私は

水鏡に映った自分の顔を見て
その醜さに一瞬たじろいでしまう
昨日を生きた私が
今日を生きていて
明日はどうだろうか
鋭い切れ味の刀で
雨の当番を斬り殺すと
長いこと旱魃が続いた

白い家

暗い道を歩いていると
灯りの消えている家が見えてきた
ここにどんな人が住んでいるのだろうか
ゆっくり歩きながら考える
よく見ると
隣の家も同じような形の屋根
同じような色の壁
遠くから踏切の警報音が聴こえて来た
電車が過ぎてしまえば
また静寂が戻るのだが

なかなか止まない

北国の街札幌では
まもなく雪まつりが盛大に開催される
世相を彩る雪像たちが
ライトアップされて青白く輝く
子供の頃作ったかまくら
その中では蠟燭を灯し
熱い甘酒を飲んで暖まった
雪合戦をした後
手がかじかんでそのままにしておくと
痒くなって困った

明かりの点いていない家に帰っていく
あたりには夕餉の匂いが漂っていて

子供たちの笑い声が聴こえて来る
生活感のない家は
ただ眠るだけに使われ
そこだけ時間が止まったままだ

凩の中に

吹き荒れる木枯らしの
もの凄いエネルギーを
暖房の効いた部屋で怖れていると
雪が降り出した
雪はスキー場など山だけに
降ればいいのにと思う
暖冬傾向で
昔ほど降り積もらなくなったが
雪国では寒風に晒された根雪が
冷酷な姿のまま長く居座る

吹いて吹きすさんで
風は時に悪魔のように
力いっぱい踊り狂う
その中で枯葉が苦しそうに
もがいている

必要以上にエネルギーを放出して
周囲に強い影響を与える構図は
自然の摂理ではあるが
それを有効な資源に変えることに
私たちは絶えず取り組んでいて
風力発電や太陽光発電など
生活に役立てている
小さいものを大きく

少ないものを多く
止まっているものを動かし
見えないものを見えるものに
それぞれ変えていく

冷たい風の中にいると
暖かい日溜りが欲しくなる
この試練を乗り越える力があればいいのだが

糸

手繰り寄せてみると
私の糸は途中で絡まっていて
解くことができない
幾千の夜に紡がれた糸に
変質する感情を染めていく
明日に繫がっている夢を見て
短い時間に
私の心と交感しない理由を解明する

私の存在を生命の糸で縫い合わせ

宇宙空間に届くように
無限の祈りをこめて
一枚の布を織り込むと
かろうじて苦しい試練に耐えられる

渡り鳥の拠りどころの湖は
冷たい水温でワカサギを育てる
釣り糸を垂らした愛好家が
一度に二匹も釣り上げて喜んでいる
やがて春になると
青々とした湖で
ボートに乗ったカップルが
のんびりとオールを漕いでいる
目に見えない糸で操られた二人は
ぎこちない言葉で

気まずいムードを消そうとしているが
なかなかうまくいかない
その後の二人の行く末は誰も知らない

暴君

悪魔のような君主の独裁政治を
これ以上許してはならないと
多くの国民が立ち上がり
一気呵成に城を占拠して
長年の悪政に終止符を打たせた
新しい有能な君主は
次々に国民のための政策を打ち出し
徒らに苦しめられた領民の暮らしは
少しずつ好転して
人間らしい生活を取り戻した

人々は一生懸命働き
貧しい国から富める国に変わった

これは現実とかけ離れたお伽話の世界のことで
未だに多くの国では
独裁者に苦しめられていたり
内戦が収まらないなかで
巻き添えで多くの人々が
大切な生命を失くしている
毎日その惨状を伝えるニュースが流れる
歴史認識の上で
重要なポイントになっているのに
教科書から削除されている項目があり
真実と向き合っていない問題が
そこに実在するのだ

無言歌

言葉にならない
言葉にできない
ぎりぎりの心の中で
クローズアップされた映像を解析して
連続するネガの一つ一つを拡大プリントする

散りゆく花の短さに
譬えようもない空虚感を抱き
心もとない思惑を晒す
決して生き急ぐことはない

水中花のように
いつまでも変わらない美しさを眠らせたい

言葉の糸を紡いで
一冊の本を創りあげる
気に入ったフレーズのあるページに
和紙の栞を挟んでおく
静けさの中で読んでいると
どんな言葉も空しい
名前のない野良犬に
名前を付けてみても
何だかよそよそしい

絶えることのない時間の中で
気高い魂が私に無言で語りかけてくる

標ない道をゆっくり歩いていくと
今までの自分が他人に思えてくる

一縷の望み

この一年が無事に過ぎれば
後は惰性で流れていくはずだが
転がる雪玉のように
次々に難題が持ち上がり
ついには身動きがとれなくなる

やがて融けてしまう氷のような
はかない宿命で
行き倒れになってしまうとしても
潔くこの命を捧げたい

仄暗い空間でじっと耐えながら
美しく変身する蝶のように
脱皮する習性

何もないところから何かが生まれ
何もないところへ向かっている
天涯万里に思いをはせ
自由になれる夢に震えた
飽和状態のこの世界に
生まれてきた赤ん坊たちの行く末は
不毛の地で夭折していく

それぞれの強い目的を持って
長い滑走路から
遠い国へ飛び立っていく旅客機が

しばらく安定した飛行を続けた後
突然エアポケットに入り
乗客たちは非常に緊張した空気を感じたが
機長の冷静な対応で
何とかそこから脱け出した

途中で絶望しなければ
一縷の望みが残される
多くを語らずに
長いスパンを見据えて
静かに順風を待ち続ける
雉も鳴かずば打たれまい

限りあるうちに

やって来ない未来の日に
動かなくなった地球から
どこまでも続く星空を望遠鏡で見ていたら
冴え渡る月で
裸の若い女性がベリーダンスを踊っていた

浮かばれない毎日の生活で
大切なものは一向に届かない
用意したコップ一杯の水を飲み干し
貧しい力を振り絞って

私に降りかかった塵を振り払う

荒れ狂う海で
粗末な帆掛け舟が
今にも沈没しそうに漂流している
この辺りに小さな島があったはずだが
どうやら海面上昇で水没してしまったようだ

やがて融けてしまう雪のように
きれいに身を引くと
もう一度生きてみたい過去に
私を連れて行ってくれる
それは限られた夢の中のこと
長い間暗闇の中で瞑想していても
何にも閃かないので

すぐには乗ることができない飛行機で
見知らぬところへ旅立つことにする

あとがき

大阪万博が開催された一九七〇年に、私は高校の修学旅行で京都を訪れた。夜の自由行動で新京極のお土産店から出てきた夫婦と思われる外国人観光客に英語で話しかけ、「どのくらい日本に滞在していますか？」と尋ねたところアメリカ人の夫が、「スリーウィークス」と答えたのだが、その意味を理解するまで数秒かかった。初めて私はネイティヴスピーカーと英語で会話をしたので、その英語の発音がとても新鮮に聴こえたのだ。日本語と英語の違いがあっても、言葉はきちんと話せばきちんと伝わるものだということを実感した思い出である。

日本語で詩を書いている私は、社会に出て英語から遠ざかって久しく、ごく簡単な日常会話ぐらいはできるとしても、十年ほど勉強して身につけた英語力は、残念ながら今はほとんど失ってしまっている。言葉は生きているものなので、常に磨いていなければならないのだろう。

詩集『無言歌』は九冊目の詩集で、前詩集以後の二年間に詩誌「舟」や「孔雀船」などに発表した作品と未発表のもの数篇を収録している。本詩集の刊行に当たっては、出版を引き受けていただいた思潮社の小田康之氏、編集部の嶋﨑治子氏、装幀を担当して下さった和泉紗理氏に大変お世話になった。心から感謝申し上げます。

二〇〇九年三月

文屋　順

文屋　順（ぶんや　じゅん）

一九五三年　宮城県生まれ
一九八三年　詩集『片辺り』（文芸東北新社）
一九九〇年　詩集『君を越える』（近代文藝社）
一九九二年　詩集『詩人と私』（花神社）
一九九四年　詩集『クロノスの腕』（創文印刷出版）
二〇〇一年　詩集『都市の眼孔』（書肆青樹社）
二〇〇三年　詩集『色取り』（書肆青樹社）
二〇〇四年　詩集『八十八夜』（書肆青樹社）
二〇〇七年　詩集『祥雲』（思潮社）

日本ペンクラブ　日本文藝家協会　日本現代詩人会
日本詩人クラブ　会員
詩誌「舟」「孔雀船」同人

現住所　〒九八三―〇〇一一
　仙台市宮城野区栄二―一三―一一―一〇二

無言歌《むごんか》

著者
文屋《ぶんや》　順《じゅん》

発行者
小田久郎

発行所
株式会社　思潮社
〒一六二—〇八四二　東京都新宿区市谷砂土原町三—十五
電話　〇三（三二六七）八一五三（営業）・八一四一（編集）
ＦＡＸ　〇三（三二六七）八一四二

印刷所
株式会社　Sun Fuerza

製本所
誠製本株式会社

発行日
二〇〇九年五月二十日